HEURES

DE

L'ENFANCE,

POÉSIE DE Mme VIRGINIE ORSINI,

Ancienne élève de la maison royale de Saint-Denis.

RECUEIL

DE PRIÈRES, CANTIQUES ET RÉCRÉATIONS,

A L'USAGE

DES MAISONS D'ÉDUCATION DES DEUX SEXES, COLLÉGES, PENSIONNATS,
ÉCOLES PRIMAIRES ET SALLES D'ASILE,

MIS EN MUSIQUE ET PRÉCÉDÉS D'UN

ESSAI SUR L'ART DE CHANTER EN CHŒUR,

PAR A. ELWART,

Ex-pensionnaire du roi à l'Académie de France à Rome, professeur au Conservatoire de Paris.

Prix net : pour Paris . . . 4 fr., broché,
pour la province. 4 fr. 50

PARIS,

CHEZ NICOU-CHORON ET CANAUX,

ÉDITEURS DE MUSIQUE RELIGIEUSE,
BOULEVART SAINT-DENIS, N° 14.

1838

1863

HEURES

DE L'ENFANCE.

Laissez venir à moi tous ces petits enfants.

(EVANG. SELON S. MATTH.)

ESSAI

SUR L'ART

DE CHANTER EN CHOEUR.

AVERTISSEMENT A MES PETITS LECTEURS.

MES CHERS AMIS,

Ces *Heures* ne devant être mises entre vos mains qu'à l'époque ou vous serez déjà initiés à la théorie musicale, je crois inutile de vous la rappeler, même de la manière la plus succincte possible, en commençant cet *Essai sur l'art de chanter en chœur;* d'ailleurs, ce n'est qu'avec l'aide et les conseils d'un professeur particulier que l'on peut étudier les premières notions de l'art musical, étude aride, à la vé-1 lté, dans ses commencements, mais qui promet ensuite de bien douces jouissances à ceux qui ont eu le courage de supporter ce temps d'épreuves, ordinairement fort court pour les élèves intelligents et studieux.

Nous n'allons donc nous occuper ici que du *Chant uni à la parole,* de cette partie de l'art musical, la première entre toutes, parce qu'elle est inhérente à la nature humaine, et que c'est dans nos propres organes que nous trouvons l'instrument qui la produit. Car les instruments de musique créés par le génie de l'homme, malgré les prodiges qu'ils opèrent, n'ont été faits que pour imiter ou soutenir la voix en l'accompagnant; et jamais, quel que soit le talent des artistes qui les mettent en œuvre, ils ne pourront avoir l'expression et le charme d'une voix d'enfant, d'homme ou de femme, alors qu'elle ne fait même entendre que des sons mélo lieusement modules et privés du concours puissant de la poésie, cette autre musique, sœur de l'harmonie !

CHAPITRE PREMIER.

DU CHANT UNI A LA PAROLE.

SECTION Iʳᵉ.

Des différents genres de voix.

Quoique ce livre ne soit écrit que pour les enfants des deux sexes, il n'est pas indifférent de leur faire connaître, non seulement le nom, le caractère et l'étendue de la voix qu'ils possèdent, mais aussi ceux des voix affectées aux hommes faits.

Les voix humaines sont de deux genres, subdivisés en espèces. C'est le *timbre* ou la qualité du son, et *l'étendue* ou la multiplicité des sons qui concourent à leur formation et à leur classification.

Premier genre.

Voix d'enfants (garçons, filles) et voix de femmes.

Second genre.

Voix de jeunes gens et d'adultes masculins.

Subdivisions du premier genre.

PREMIER-DESSUS, ou *soprano primo*. C'est la voix la plus aiguë du système vocal. SECOND-DESSUS, ou *soprano secundo* ou *mezzo-soprano*, et TROISIÈME-DESSUS, ou *contralto* ou *soprano-terzo*. Cette dernière voix est la plus grave ou la plus basse des voix de DESSUS ou de *soprano* dont la voix de SECOND-DESSUS ou *mezzo-soprano* tient le milieu.

Voici l'étendue des trois espèces de *soprano* dans les *chœurs* et dans les *solos*.

Il y a des voix qui peuvent descendre ou monter de quelques notes; mais alors elles doivent être considérées comme des exceptions fort rares.

Subdivision du second genre.

TAILLE, ou *tenore primo* ; c'est la voix d'homme la plus élevée et la plus mélodieuse. **BARYTON**, ou *tenore secundo*. **BASSE-TAILLE**, ou *basso* ; c'est la voix humaine
la plus grave de toutes et la plus noble. Remarquons aussi que le *tenore secundo*, ou
BARYTON, tient le milieu entre le *tenore primo* et la **BASSE-TAILLE**.

Voici l'étendue de ces trois voix :

Ces trois voix d'homme, comme celles d'enfant et de femme, présentent quelquefois des exceptions de gravité ou d'élévation dans leur étendue.

Voici un tableau qui fera connaître avec précision le rapport que les six espèces
de voix ont entre elles, et qui donnera leur *diapason* (ou étendue) respectif.

C'est la voix de basse-taille qui a été prise pour point de comparaison, parce qu'elle est
la plus grave de l'échelle vocale.

1° Le **PREMIER-DESSUS**, ou *soprano primo*. Une octave et demie d'étendue dans
les chœurs, à partir de l'*ut* (19ᵉ touche du clavier d'un piano); deux sons aigus de
plus dans les solos.

2° Le **SECOND-DESSUS**, ou *mezzo-soprano*. Une octave et demie d'étendue dans les
chœurs, à partir du *la* (17ᵉ touche du clavier d'un piano); deux sons aigus de plus
dans les solos.

3° Le **TROISIÈME-DESSUS**, ou *contralto*. Une octave et quatre notes d'étendue
dans les chœurs, à partir du *sol* (16ᵉ touche du clavier d'un piano); un son aigu
de plus dans les solos.

4° La **TAILLE**, ou *tenore primo*. Une octave et trois notes dans les chœurs, à partir
du *mi* (14ᵉ touche du clavier d'un piano); deux sons aigus de plus dans les solos.

5° Le **BARYTON**, ou *tenore secundo*. Une octave et trois notes dans les chœurs, à
partir de l'*ut* (12ᵉ touche du clavier d'un piano); un son aigu de plus dans les solos.

6° La **BASSE-TAILLE**, ou *basso*. Une octave et quatre notes dans les chœurs, à partir
du *la* (8ᵉ touche du clavier d'un piano); deux sons aigus de plus dans les solos.

SECTION II.

De l'Expression.

Si la musique seulement chantée, mais privée de paroles, produit déjà un effet excellent, on peut avancer que, unie à la parole poétique, elle a une puissance irrésistible, surtout lorsque, suivant la belle expression de l'auteur du poème d'*Esmeralda*, elle sert de riche draperie à la poésie lyrique. Mais, pour bien *exprimer* le sens d'une pièce de vers mise en musique, il faut : 1° avoir égard au caractère général de la poésie (c'est le sujet ou le titre de la pièce elle-même qui l'indique); 2° chercher à rendre, par les inflexions de la voix, le sens particulier de chaque vers de la pièce entière, et, enfin, 3° observer la prosodie et la ponctuation du poème que l'on veut chanter.

Quand on chante un chœur, il ne faut pas donner à la musique une expression aussi individuelle ou absolue que si l'on chantait un solo, parce que si plusieurs exécutants chargés d'une même et seule partie prétendaient la rendre chacun selon son sentiment, il adviendrait que ces différentes expressions particulières formeraient un assemblage monstrueux qui nuirait essentiellement à l'unité de l'expression exigée par la nature du sujet chanté.

Cette recommandation est faite surtout à ceux qui, comme dans ces *Heures de l'Enfance*, ne sont chargés que des seconde et troisième parties accompagnantes. Ils éviteront donc d'émettre leurs voix avec trop d'éclat afin de ne pas couvrir celles des premiers-dessus, auxquelles l'exécution absolue de la mélodie est continuellement confiée.

Il n'est pas inutile de répéter encore une fois ici ce que nous avons dit dans notre préface, savoir : que toutes les pièces contenues dans ce livre musical peuvent être chantées par une *seule* voix de premier-dessus, et que les deux autres voix, si l'accompagnement de piano est conservé, pourront être supprimées sans que, pourtant, le sens mélodique en soit nullement altéré.

L'expression doit être celle naturelle au caractère de la poésie pour laquelle la musique a été écrite. De plus, l'expression changera d'inflexion autant de fois que la musique et la poésie exprimeront les idées différentes ou accessoires du sujet principal.

Si, par exemple, nos petits choristes exécutaient la *Prière du matin* (page 1) avec les éclats de voix que réclame le chant de l'hymne : *En allant en promenade* (page 30), ils commettraient un énorme contresens! Ils devront donc prendre le ton et l'accent humble qu'exigent les paroles et le caractère de la *Prière du matin*, et réserver pour l'exécution de l'hymne précité toute la force vibrante de leurs pures et gracieuses voix. N'oublions pas aussi, mes chers amis, que l'effet d'un morceau de musique quelconque, soit vocale ou instrumentale, dépend de la fidélité qu'on apporte à suivre le *mouvement* indiqué par l'auteur. Si l'on n'observe pas scrupuleusement ce précepte, on s'expose à pervertir la mélodie la plus gaie en un chant triste et monotone; ou, ce qui est pis encore, on rend quelquefois triviale la phrase musicale la plus noble et la plus pathétique.

SECTION III.

De la Prosodie.

Après avoir compris le caractère d'un chœur et avoir senti, par conséquent, quelle expression il demande pour être bien rendu, il faut encore étudier l'arrangement des *mots* sous les notes, afin de ne pas enfreindre les règles de la prosodie.

La *prosodie* est la mélopée parlée des vers, qui, comme on le sait, sont composés de syllabes. Chaque syllabe poétique prend le nom de *pied*.

Il y a des vers formés depuis un jusqu'à douze pieds. Les syllabes sont de deux sortes : *longues* et *brèves*.

Ainsi, les mots *père, mère, frère*, etc., ont leur première syllabe longue, c'est-à-dire sur laquelle on appuie en parlant ou en chantant, et leur dernière syllabe brève, c'est-à-dire sur laquelle on passe sans s'arrêter.

Du reste, les compositeurs de musique prennent le soin de donner aux différentes syllabes le degré de durée ou de brièveté que demande le genre auquel elles appartiennent, en plaçant sur les longues des notes *tenues*, et sur les brèves des notes d'une moindre valeur [1].

Lorsque les syllabes brèves sont *sourdes*, c'est-à-dire terminées soit par une consonne ou un *é* fermé, tels que ces mots : *rigueur, amour, gaîté, bonté*, on peut leur donner, en musique, une durée équivalante à celle des syllabes longues.

Quand un vers est de dix syllabes, on fait un petit repos après le quatrième pied; si le vers est de douze syllabes (ou *alexandrin*), le repos n'a lieu qu'au milieu du vers, c'est-à-dire après le sixième pied. Cette petite pause prend le nom d'*hémistiche*.

Les vers sont de deux espèces ou genres: *masculins* et *féminins*, et ils doivent consonner ensemble à leur terminaison, qui prend le nom de *rime*, ou consonnance masculine et féminine.

Il est bien entendu qu'une rime masculine ne peut rimer qu'avec une autre masculine, et qu'une rime féminine est soumise à la même loi de consonnance réciproque.

Remarquons aussi que la syllabe-rime féminine est toujours en plus dans le vers féminin, c'est-à-dire qu'elle semble ajouter un pied de plus au mètre du vers.

Exemple d'un vers féminin de cinq pieds, tiré de *la Prière du soir* (page *A*):

1 2 3 4 5
Déjà de la plaine

---

(1) Afin d'exercer les enfants à la prosodie, aucun des couplets des *Heures* n'a été renoté; c'est aux petits chanteurs à faire, sous la direction de leurs maîtres, ce travail intéressant.

Dans ce cas, le dernier mot ne compte que pour une syllabe, quoiqu'il en ait réellement deux.

Les rimes qui se terminent par une consonne ou un *é* fermé sont masculines ; celles qui se terminent par la voyelle *e* muet, soit qu'elle soit à la fin de la syllabe, comme dans tendres*se*, soit qu'elle prenne les deux consonnes *nt*, comme dans demande*nt*, sont féminines.

Exemple d'un vers de dix syllabes, à rime féminine, tiré de la *Prière pour le jour de la première Communion* (page 49) :

1   2   3   4 (hémistiche) 5 6   7   8   9 10
Je crois mon Dieu,   je crois que c'est vous-même,

Exemple d'un vers de douze syllabes, à rime masculine, tiré de la *Prière du matin* (déjà citée) :

1 2   3   4 5 6 (hémistiche) 7 8 9 10 11   12
De l'un de vos enfants   à genoux devant vous.

SECTION IV.

De l'Élision.

On appelle ainsi la jonction de deux syllabes l'une dans l'autre, et ne donnant à l'oreille que la perception d'une seule et même syllabe. C'est par la rencontre des voyelles *a, e, i, o, u* après la voyelle E que l'élision peut seule avoir lieu. C'est toujours la syllabe qui renferme cet E muet qui est annullée par l'élision. Par exception, l'élision peut se faire entre deux *e*.

Exemple de l'élision de l'*e* par l'*e*, tiré du chœur : *En revenant de la promenade* (page 34) :

donc l'élision enlève une syllabe au mot qui la produit.

C'est comme s'il y avait écrit dans le vers précédent :

La ter est plus sombre.

Exemple de l'élision de l'*e* par l'*a*, tiré de l'hymne : *En allant à la promenade* (déjà cité) :

Exemple de l'élision de l'*e* par l'*i*, tiré des *Jours de la Retraite pour la première Communion* (page 46) :

Exemple de l'élision de l'*e* par l'*o*, tiré du chœur : *En revenant de la promenade* (déjà cité) :

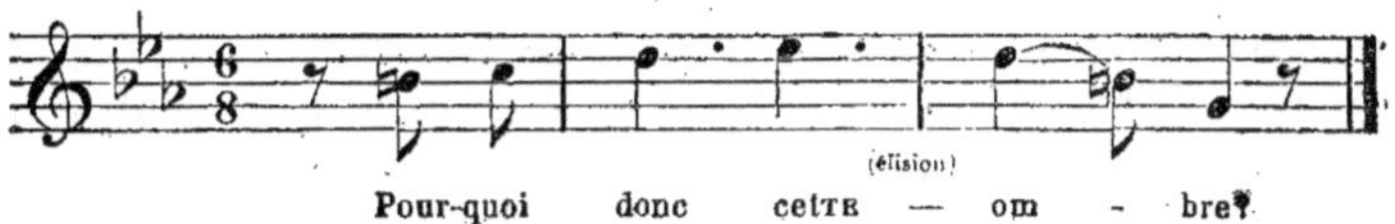

Exemple de l'élision de l'*e* par l'*u*, tiré de l'*Angélus* (page 13) :

Remarquez que le compositeur élide de même en ne mettant qu'une seule et même note pour deux syllabes élidées.

Quoique l'élision ne doive avoir lieu que dans le courant du vers, il est plus harmonieux au poète d'*élider* même la fin d'un vers féminin avec le commencement du vers suivant ; la poésie alors acquiert une pureté admirable.

Exemple de l'élision entre la dernière syllabe d'un vers et la première syllabe du vers qui le suit, tiré de *la Chasse aux Papillons* (page 54) :

L'*e* muet s'élide par l'*h* non aspiré comme devant l'une des cinq voyelles. Exemple :

(élision)
Un ange — hélas ! est descendu du ciel.

Lorsque l'élision entre deux syllabes n'a pas lieu, et qu'elles se heurtent d'une manière dissonnante à l'oreille, cette anti-élision prend le nom d'*hiatus* ; ce qui est défendu par les règles de l'harmonie poétique et du bon goût.

Exemple d'un hiatus :

(hiatus)
Va près de lui, — il le dira pourquoi.

L'hiatus se produit par le choc de deux *a*, de deux *e*, de deux *i*, de deux *o* et de deux *u*, ou de l'une et de l'autre de ces voyelles prononcées de suite.

SECTION V.

De la Phrase et de la Ponctuation musicales comparées à la phrase et à la ponctuation oratoires.

De même que le discours oratoire est composé de mots, de membres de phrases et de périodes, de même le discours musical est composé de sons, de membres de phrases et de périodes.

Ainsi, les *notes* représentent les *mots* de la phrase musicale, et la réunion d'un certain nombre de notes forme le membre de phrase ; c'est la réunion plus ou moins nombreuse de ces mêmes phrases qui constitue la période mélodique.

Tous les signes de ponctuation ont leurs équivalants en musique, comme on le verra plus loin.

Une phrase musicale, pour être correcte, doit avoir un *antécédent* et un *conséquent*, auxquels on ajoute souvent un membre *incident* de phrase, c'est-à-dire qu'à une certaine aggrégation de notes on répond par une autre aggrégation d'un dessin à peu près semblable, afin que le conséquent soit l'*écho* de l'antécédent qui le précède.

L'*antécédent* est donc le premier membre d'une phrase musicale, et le *conséquent* le second membre de cette même phrase, ou sa conséquence mélodique.

Lorsque l'antécédent et le conséquent sont formés d'un nombre pair, soit de deux, de quatre ou de huit mesures, la phrase est alors dans la *coupe binaire;* si, au contraire, l'antécédent est formé d'un nombre impair de mesures depuis une jusqu'à cinq (ce qui est pourtant assez rare), la phrase est dans la *coupe ternaire.* Le membre incident est ordinairement de deux mesures, et sert à lier la nouvelle coupe de phrase qui le précède à celle qui le suit. C'est par la succession ingénieuse des phrases musicales que l'on forme des airs parfaits, parce que toutes leurs différentes parties ont entre elles une suite naturelle et logique.

Il en est de même pour la facture des vers, n'importe de quelle genre soit la poésie.

Exemple d'un air de *coupe binaire* de deux mesures, dans lequel on a indiqué l'antécédent, le conséquent et le membre incident de phrase, tiré du *Noël* (page 42) :

Exemple de la *virgule* [1] figurée par le demi-soupir, tiré de l'hymne : *Pour le jour de la première Communion* (page 49) :

Exemple du *point-et-virgule* musical figuré par un soupir, tiré de l'hymne précédent :

Le *point*, placé après une note, figure également la virgule de la ponctuation oratoire, et l'on peut aussi respirer, lorsqu'il se présente, en substituant mentalement à sa place un demi-soupir.

Exemple d'une *virgule* figurée par le point musical, tiré de l'hymne déjà cité deux fois.

Exemple d'un air d'une coupe *ternaire* de cinq mesures, tiré des *Boules de neige* (page 64) :

---

(1) Remarquez, mes petits amis, que ce n'est que lorsqu'on rencontre, dans la poésie mise en musique, des virgules, points-et-virgules, deux-points, etc., que l'on doit respirer en chantant, et que, si l'on enfreint cette méthode, facile à suivre avec un peu d'attention, on détruit maladroitement le charme de la mélodie en coupant en deux les mots de la poésie.

Observons que le *conséquent* contribue efficacement à compléter le sens de la phrase musicale, et que souvent le compositeur est obligé, à cause du nombre des syllabes et des exigences du rhythme, de ne point figurer musicalement la virgule; dans ce cas, c'est aux chanteurs à faire en sorte de ne respirer qu'après un vers présentant un sens compréhensible, s'il n'est pas absolu.

Exemple tiré du chœur qui précède :

Le demi-soupir est pris sur la valeur de la mesure du texte original.

Exemple des *deux-points* figurés par le point d'orgue, tiré de *la Prière du soir* (déjà citée) :

Exemple du *point final* figuré par un demi-soupir, et tiré de la prière précédente :

Les points d'interrogation, d'admiration et de suspension se figurent n'importe par quel silence musical; mais on a ordinairement le soin de placer un point d'orgue, soit sur la note elle-même, ou du moins sur le silence qui la suit. Le temps d'arrêt doit avoir une longueur raisonnable; c'est au goût de l'exécutant à le régler.

Exemple du *point d'interrogation* figuré par le point d'orgue, et tiré du chœur: *En revenant de la promenade* (déjà cité) :

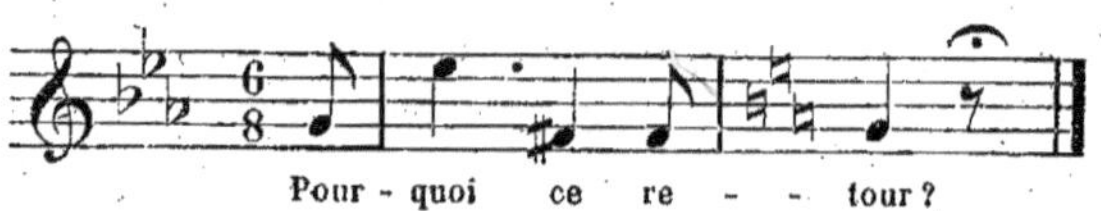

Exemple du *point d'admiration* figuré par le point d'orgue posé sur la dernière note elle-même, et tiré du chœur: *Pour la distribution des prix* (page 68)

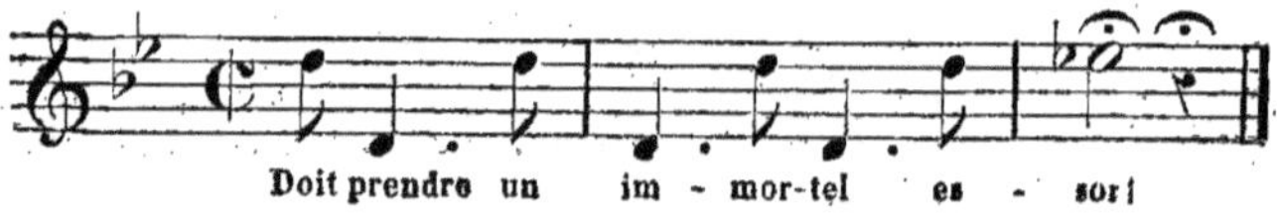

Exemple des *points de suspension* figurés également par le point d'orgue, mais placé après la dernière note, tiré du *Noël* (déjà cité) :

L'expérience, fruit de la pratique, habituera en peu de temps les enfants à observer, au premier coup-d'œil, la concordance qui existe entre la ponctuation oratoire et musicale.

CHAPITRE SECOND.

ÉTUDES PRÉLIMINAIRES A L'EXÉCUTION DES CHŒURS.

SECTION Ire.

Ce que c'est que solfier et vocaliser.

Quelque musiciens que soient les enfants auxquels on veut faire entreprendre l'étude des chœurs, ils ne doivent l'aborder qu'en suivant la méthode ci-après :

1° Solfier les notes du chœur qu'on exécutera plus tard complètement ; 2° les vocaliser ; 3° lire intelligiblement et à haute voix les paroles, afin d'en bien comprendre le sens avant de les chanter.

Solfier, vous le savez depuis long temps, mes chers amis, est un verbe qui tire son nom du livre d'exercices vocaux appelé *solfège*. La *solmisation*, ou l'art de solfier, consiste, vous le savez aussi, à nommer les notes en chantant.

Vocaliser signifie l'action de chanter les notes sans les nommer, mais en substituant à leur nom la voyelle *a*, ou la syllabe *ah* ou *la*. Cette lettre et ces syllabes ont été adoptées de préférence à toutes autres par les *vocalisateurs*, parce qu'elles contribuent à faire ouvrir la bouche et à bien émettre les sons en chantant.

Voici un exemple de vocalise, tiré de la *Ronde* (page 60) :

Les traits d'union — qui suivent la syllabe *Ah!* indiquent qu'il faut vocaliser les passages surmontés d'un coulé ou d'une liaison ⌒ sans saccader la syllabe, et en faisant en sorte de ne la prononcer qu'une seule fois, quoiqu'elle soit affectée à deux et trois sons.

SECTION II.

De la Prononciation.

C'est de l'excellente et correcte prononciation des paroles que dépend tout l'effet de la musique vocale. Un chanteur, tel habile qu'il soit, s'il prononce peu ou point le texte chanté, n'est plus, pour les gens de goût, qu'un brillant rossignol dont le chant est peut-être agréable, à la vérité, mais ne parle pas au cœur de ceux qui l'écoutent, parce qu'ils sont péniblement occupés à chercher l'énigme du bruit harmonieux qu'il produit à leurs oreilles.

La musique vocale, pour produire un effet complet, doit toucher tout à la fois le cœur et l'esprit de chacun ; et ce n'est que par la prononciation claire et précise des paroles que les chanteurs obtiennent de véritables succès près de ceux auxquels ils s'adressent.

C'est en évitant de chanter du nez ou de trop serrer les dents que l'on parvient à bien prononcer les paroles poétiques. Or, pour que cette étude préparatoire soit faite avec fruit, on ne doit étudier un chœur ou un air quelconque que *phrase par phrase*, et ne les réunir toutes ensemble qu'après avoir acquis la conviction qu'on possède assez les détails pour prétendre les présenter avec sûreté et ensemble.

Il faut aussi avoir égard aux lieux dans lesquels on doit exécuter un chœur, et régler la force ou la faiblesse de l'émission de sa voix d'après la vastité ou l'étroitesse de l'enceinte où l'on devra chanter. Le chant en classe doit être plus doux que celui dans la cour ou le jardin des récréations ; et le chant à l'église, pour être digne de la majesté du saint lieu, aura une expression humble et expressive tout à la fois, tandis que celui en promenade devra être bruyant et joyeux.

SECTION III.

Hygiène de la Voix.

Les organes de la voix, comme tous les autres de notre corps, sont sujets à éprouver des accidents fâcheux. C'est donc avec beaucoup de soins que l'on doit veiller sur la conservation du plus beau don que Dieu ait fait aux hommes ; et je ne saurais trop vous le répéter, mes chers petits amis, si vous avez une voix, même faible, ménagez-la avec autant de sollicitude que vous en mettez à ménager vos yeux si doux. Et songez que, faute de suivre un régime hygiénique approprié à la nature de votre organe vocal, vous vous exposez, qu'il soit ou qu'il ne soit pas très développé, à le perdre sans retour, et cela souvent par suite de la plus légère imprudence de votre part.

Les petits garçons, s'ils veulent conserver leur voix suaves et enfantines jusqu'à l'époque de la mue [1], doivent éviter de crier soit en jouant ou en chantant. (Cette recommandation est également faite pour les jeunes filles.) Ils doivent aussi craindre de passer, en ayant chaud, dans un endroit trop frais, sous peine de gagner, non seulement un enrouement qui suffit seul souvent pour détruire la plus belle voix, mais qui peut encore altérer leur santé et les conduire au tombeau.

Il ne faut pas chanter lorsqu'on sent le besoin de manger. On évitera également de chanter trop tôt après les repas.

Les enfants ne chanteront en plein air ou sur l'eau que fort peu de temps; le soir, surtout, il est pernicieux pour la voix de s'exposer à l'humidité de la rosée qui tombe.

Chanter après avoir joué et couru avec ardeur est aussi très contraire à la voix.

Plus d'un enfant s'est aussi cassé la voix parce qu'il voulait, le petit orgueilleux! chanter une musique d'une trop haute ou d'une trop grave étendue pour le diapason naturel à son organe.

Les enfants raisonnables examineront avec leurs professeurs spéciaux quelle est la musique qu'ils doivent étudier de préférence à tout autre.

Voici, pour terminer cette section, quel régime alimentaire et de conduite vous devrez suivre, mes petits lecteurs, si vous avez le désir de conserver votre voix.

Prendre une nourriture saine et abondante. Rejeter les acides comme échauffant trop la gorge, siége de l'organe de la voix. Ne boire jamais de vin pur ni de liqueurs, même dite *des dames*. Se tenir les pieds chaudement et la tête fraîche.

Veiller fort peu.

Tenir la poitrine en dehors, et, lorsqu'on écrit, prendre une position aisée et naturelle.

Enfin, faire des gammes tous les jours pour entretenir la voix souple, juste et légère, et ne jamais chanter plus d'une demi-heure sans se reposer.

Je sais, mes petits amis, que quelques personnes étrangères à notre art, et pleines de sollicitude pour vous, prétendent que l'étude du chant peut être dangereuse à votre âge; mais que ces personnes se rassurent! L'expérience et les faits sont là pour les désabuser à ce sujet; car au Conservatoire de Musique, établissement le premier de l'Europe en son genre, plus de deux cents garçons et filles étudient avec assiduité l'art du chant dans ses différentes branches; et, depuis dix ans, à peine si l'on a pu signaler parmi eux deux décès causés par suite de cette étude.

Nul doute qu'un jeune enfant prédisposé à l'affreuse pulmonie ne hâte les progrès de cette affection par une étude intempestive du chant; mais ceux qui ne jouissent même que d'une poitrine peu vigoureuse la bonifieront au contraire si on leur fait apprendre à *chanter* avec précaution, car l'exercice développe la force des mem-

---

(1) On appelle *mue* l'époque à laquelle les enfants éprouvent un changement dans les organes de la voix. C'est ordinairement vers l'âge de 13 à 14 ans que la mue commence. Après la mue, les voix d'enfants mâles deviennent des ténors ou des basse-tailles, celles des filles restent à peu près les mêmes. On ne doit absolument pas chanter lorsqu'on est dans la mue, sous peine de ne recouvrer jamais aucune voix.

bres auxquels on le fait subir. L'artisan qui pétrit le pain a deux bras vigoureux, le danseur, deux jambes fortes et nerveuses, et le chanteur des poumons plus dilatés et une poitrine plus large que l'homme voué à un état complet de mutisme vocal.

Les médecins les plus célèbres et les maîtres de chant les plus renommés professent la même opinion que moi sur ce point important ; et c'est avec confiance, mes petits amis, que j'essaie de la faire partager aujourd'hui à vos parents ou à ceux qui vous les remplacent en vous donnant l'instruction, cette nourriture de l'esprit.

CHAPITRE TROISIEME.

DE LA DISTRIBUTION DES PARTIES D'UN CHŒUR.

SECTION Ⅰʳᵉ.

Chœur à l'unisson à deux, trois et quatre voix.

Si un chœur est à l'unisson, les chanteurs qui l'interpréteront devront s'animer tous du même esprit, afin d'en rendre l'expression avec une uniformité parfaite.

On appelle *unisson* la réunion de deux, trois, quatre voix et plus chantant toutes le même air.

Il y a deux espèces d'unisson : l'unisson au *même degré* et l'unisson au *degré d'octave*.

Voici un exemple d'unisson au *même degré*, tiré du chant : *Pour la distribution des prix* (déjà cité) :

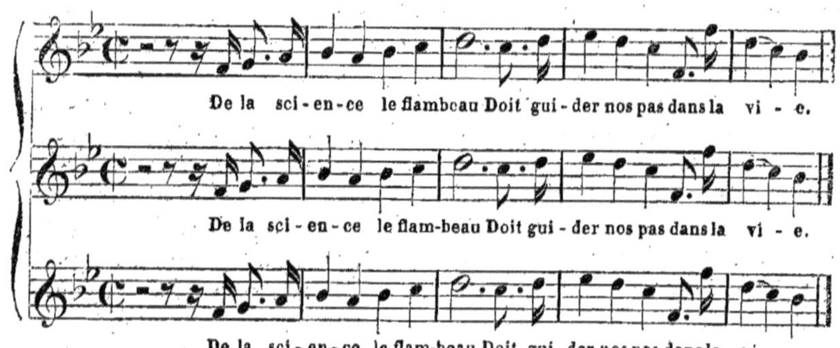

Voici un exemple d'unisson au *degré d'octave*, tiré de la *Récréation (Les barres)* (page 57) :

Remarquez, mes amis, que l'unisson d'*octave* produit un effet plus senti que l'unisson au *même degré*, parce que la mélodie inférieure, étant entendue la même supérieurement, fait à l'oreille l'effet que produirait aux yeux la vue d'une personne dont l'image serait répétée par un miroir qui la diminuerait de moitié.

Lorsqu'un chœur est à deux, trois ou quatre voix chantant toutes ensemble, il faut (comme nous l'avons dit précédemment, page 4) que la première voix, à laquelle d'ordinairement, comme dans ces *Heures*, la mélodie est affectée, prédomine sur toutes les autres voix. Il suit naturellement que, si une des trois autres voix avait un passage *solo* à faire entendre, elle devrait alors, et seulement dans ce cas, prendre pour un moment la suprématie dans l'exécution en donnant plus d'*accent* au passage en question.

SECTION II.

De l'Accent musical.

On entend par *accent musical* le degré de force ou de faiblesse qu'il faut donner à certaines notes ou certaines phrases de la mélodie.

Voici un exemple tiré de l'*Angélus* (déjà cité) où l'*accent fort* est placé sur une seule note :

Voici un autre exemple tiré de *la Prière après la classe* (page 10), dans lequel l'accent fort et faible sont employés l'un après l'autre, et sur un même membre de phrase.

Les *P*, *PP*, *piano*, *pianissimo*, le *rinf.*, *mf.*, *demi-fort* et *en renforçant*, ainsi que les signes d'augmentation ◁, de diminution ▷, ou tous les deux réunis ◁ *fort* ▷, placés sur les notes du chœur, indiquent quelle espèce d'accent on doit donner aux notes ou aux passages qui en sont affectés.

Remarquez en finissant, mes petits amis, que l'accent musical est toujours subordonné à l'accent poétique, c'est-à-dire que, en lisant une pièce de vers ou même de prose, l'on sent qu'il faut appuyer sur certains mots plutôt que sur tels autres. Eh bien ! le compositeur ne fait que déclamer ces mêmes mots avec vérite lorsqu'il les place sous des notes qu'il accentue musicalement. C'est donc à vous à faire tous vos efforts pour rendre la musique que vous chantez avec le plus d'expression qu'il vous sera possible, afin que ceux qui vous entendent vous donnent la part d'éloges que vos louables travaux intellectuels vous auront méritée.

CONCLUSION.

MES CHERS AMIS !

Quelque regret que j'en aie, il faut que je cesse de m'entretenir avec vous, et mes airs, plus heureux que moi, vont désormais avoir seuls l'honneur de vous occuper encore.

Étudiez bien ce livre, mes amis, et bientôt vous recueillerez le fruit de votre persévérance. En formant votre goût pour un art qui, seul maintenant, a le privilége de civiliser et de charmer, il contribuera aussi à ouvrir votre cœur aux plus douces émotions de la religion, de la famille et de la patrie, ces trois moteurs qui font agir les ames bien nées.

Le poète et moi, son modeste interprète, nous avons rédigé ces *Heures* de manière à ce que les jeunes filles et les jeunes garçons puissent s'en servir avec la même utilité ; seulement, deux recréations, parmi les vingt-trois morceaux que renferme ce livre, sont spécialement destinés aux jeux des écoliers. Leur titre à chacun suffira pour vous les faire distinguer de suite : ce sont *Les Barres* et *Les Boules de Neige*.

Jugez, mes chers enfants, quelle sera notre joie, à nous qui avons travaillé pour vous avec tant d'amour et de persévérance, si, un jour, quelques-uns d'entre vous tous parviennent à exécuter notre œuvre avec l'expression et tout le soin qu'elle réclame pour être bien rendue !

Et comme vos bons parents et vos maîtres dévoués seront touchés lorsqu'ils vous entendront prier musicalement le ciel de les bénir comme ils vous bénissent eux-mêmes ! N'avez-vous pas songé aussi à l'effet religieux et moral que produiront vos voix exercées lorsqu'elles retentiront sous les voûtes des temples en chantant la gloire du Tout-Puissant ?

Car nous avons pourvu à tous vos besoins de fils, d'élèves, de sujets et de chrétiens ; et, quelque soit le sort que vous réserve l'avenir, vous trouverez toujours dans notre livre une prière pour implorer le ciel dans vos moments d'affliction, ou un cantique pour le bénir dans vos jours de prospérité.

Travaillez donc avec courage, mes chers petits amis ; c'est dans vos mains innocentes que nous remettons ce livre : puissiez-vous l'étudier avec autant de plaisir que nous en avons eu à l'écrire pour vous !

Paris, le 15 juillet 1858.

A. ELWART.

PRÉFACE.

Peu de compositeurs ont écrit, jusqu'ici, une musique spéciale pour les petits enfants. Jaloux de capter les suffrages des hommes faits, et pressés de jouir de leurs veilles, la plupart de nos grands musiciens tournent toutes leurs pensées vers la scène lyrique, où la faveur populaire applaudit à leurs travaux.

Pour nous, plus modestes, c'est aux enfants que nous adressons cet ouvrage spécialement écrit à leurs usages religieux et civil, non pas par un poëte, mais par une mère de famille à qui son amour pour ses enfants a révélé une poésie intime et tendre.

Désirant aider le mouvement musical qui s'opère en ce moment dans toutes les classes de la société, et contribuer à donner encore plus de pompe et d'attraits aux devoirs religieux des jeunes élèves, nous avons pensé qu'un livre dans lequel chacun des actes de leur vie est présenté sous une forme poétique et mélodieuse serait accueilli avec faveur par les personnes chargées de leur éducation ; et c'est animés de cet esprit que nous avons entrepris la tâche difficile que nous nous étions imposée.

Quoique la plupart des pièces contenues dans cet ouvrage soient écrites à deux, trois, et même une d'entre elles à quatre voix de *soprano*, avec accompagnement de piano ou orgue, le compositeur a disposé l'harmonie vocale de manière à ce que l'accompagnement instrumental puisse être supprimé sans nuire absolument à l'effet qu'il a désiré produire. De plus, si l'on veut chanter les morceaux à trois voix (et ayant plusieurs couplets) avec l'accompagnement, il conseille de faire dire alternativement à chaque élève les couplets successifs, en ajoutant à chaque reprise du même air

une des **trois** parties, de façon à ce que le dernier couplet soit exécuté en
chœur général par tous les petits musiciens.

Cette distribution, en donnant un effet gradué à chaque couplet d'une
même mélodie, contribuera efficacement à jeter de la variété dans l'exécution.

Du reste, des notes explicatives accompagnent le texte musical chaque
fois que cela a été jugé nécessaire à l'intelligence de certaines mélodies.

Un *Essai sur l'art de chanter en chœur* précède la partie musicale; et,
quoique ce petit traité préliminaire soit adressé aux enfants, sa lecture ne
sera pas sans utilité pour ceux qui dirigent leurs études, musicalement parlant, car ils y puiseront les éléments d'une méthode prompte et sûre qui
leur fera obtenir, en très peu de temps, des résultats satisfaisants auxquels
ils n'auraient pu prétendre qu'après bien des tâtonnements infructueux.